とべないホタルのゆりかご

──星の降る水辺に──

小沢昭巳／作
久保田直子／画

ハート出版

チョッキリのゆりかご

――水辺《みずべ》

水色《みずいろ》の空《そら》には、お皿《さら》のような月《つき》が浮《う》かび、星《ほし》が流《なが》れるように降《ふ》っていました。

その夜《よる》、とべないホタルは、夢《ゆめ》の中《なか》で「チョッキリ」というふしぎな虫《むし》に出会《であ》ったのです。

月《つき》の白《しろ》い光《ひかり》は、うすい葉《は》っぱを透《す》かし、眠《ねむ》っているとべないホタルを包《つつ》みます。葉《は》っぱは、緑色《みどりいろ》とピンク色《いろ》、うすいピンク色《いろ》とに染《そ》め分《わ》けられているので、光《ひかり》はプリズムを通《とお》したように三《みっ》つの色《いろ》に分《わ》かれ、とべないホタルに注《そそ》ぎます。

三色《さんしょく》のライトがぼんやりと交《まじ》わるあたりに、小《ちい》さな黒《くろ》い点《てん》のようなものが動《うご》いているのです。虫《むし》のようです。ホタルの半分《はんぶん》ぐらいもない小《ちい》さな虫《むし》です。

虫《むし》は、葉《は》っぱのまわりをことこと歩《ある》いていましたが、葉《は》っぱのつけ根《ね》までできて、そこで動《うご》きません。そのうち葉《は》っぱは、少《すこ》ししおれたように垂《た》れ下《さ》がりました。何《なん》と、虫《むし》は、つけ根《ね》のところをチョキッ

と噛《か》み切《き》り、葉《は》っぱの中《なか》を流《なが》れる水《みず》を止《と》め、葉《は》っぱを少《すこ》しやわらかくしたようです。

次《つぎ》に、虫《むし》は、葉《は》っぱの先《さき》のとがった方《ほう》へいき、まず、右側《みぎがわ》の三本《さんぼん》の足《あし》を葉《は》っぱのへりに引《ひ》っかけ、内側《うちがわ》へ巻《ま》きこもうとしています。虫《むし》は、葉《は》っぱを筒《つつ》のように丸《まる》く巻《ま》こうと考《かんが》えているようです。しかし、葉《は》っぱは、すぐ反《そ》り返《かえ》り、もとへ戻《もど》ろうとします。虫《むし》は巻《ま》きこんだ葉《は》っぱの上《うえ》にのぼり、長《なが》い時間《じかん》、筒《つつ》を押《お》さえています。

葉《は》っぱを途中《とちゅう》まで巻《ま》き込《こ》んでしまうと、虫《むし》は、まだ巻《ま》いていない所《ところ》まで出《で》ていって、そこでまたじっと動《うご》きません。動《うご》いたあとには、黄色《きいろ》の細《こま》かい粒々《つぶつぶ》がごみのように残《のこ》っています。虫《むし》は、卵《たまご》を生《う》み落《お》

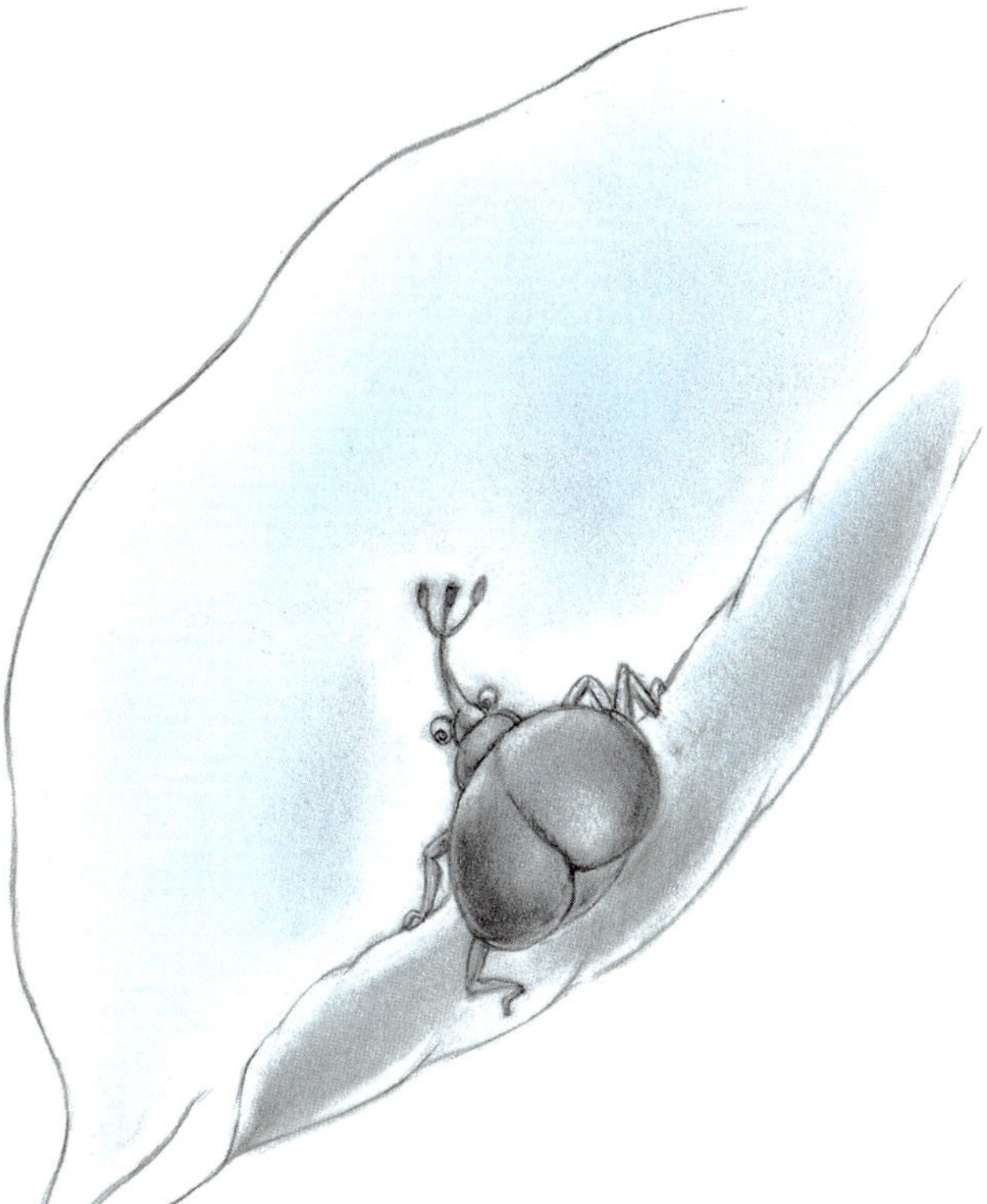

としたようです。虫《むし》は、その卵《たまご》を包《つつ》みこむように、また葉《は》っぱを巻《ま》き始《はじ》めました。

土手《どて》のスカンポ　ジャワ更紗《さらさ》
昼《ひる》はホタルが　ねんねする……

（北原白秋《きたはらはくしゅう》・詩《し》　山田耕筰《やまだこうさく》・曲《きょく》）

歌《うた》が聞《き》こえてきました。
話《はな》し声《ごえ》も聞《き》こえてきました。
人間《にんげん》の子《こ》どもたちです。

――ああ、あの子《こ》たちだ。ボクが生《う》まれた晩《ばん》、田《た》んぼで出会《であ》ったあの三人《さんにん》だ。足《あし》が悪《わる》くて車椅子《くるまいす》に乗《の》っているヒロちゃん、そのお兄《にい》ちゃんのマサちゃん、お姉《ねえ》ちゃんの三人《さんにん》。

田《た》んぼからもどったおじいちゃんが、

「土手《どて》のスカンポの葉《は》っぱの上《うえ》で、チョッキリが『ゆりかご』を織《お》っていたよ」

と教《おし》えてくれたので、三人《さんにん》は、それを見《み》にきたのです。

子《こ》どもたちの話《はなし》から、とべないホタルは、初《はじ》めて知《し》りました。

――あの黒《くろ》い虫《むし》が『チョッキリ』という、おもしろい名前《なまえ》の虫《むし》。

——更紗《さらさ》もようの浮《う》き出《で》た、ステンドグラスのようなあの美《うつく》しい葉《は》っぱが『スカンポ』という草《くさ》の葉《は》っぱ。

——そして、できあがった葉《は》っぱの筒《つつ》が、チョッキリの作《つく》った『ゆりかご』。

「うちの庭《にわ》の柿《かき》の木《き》にも、ゆりかごがつるしてあったわね。ヒロちゃん、おぼえてる？」

「うん、藤《ふじ》のつるで編《あ》んだ小《ちい》さなかごでしょ」

「そうよ」

……ゆりかごの上《うえ》に　ビワの実《み》がゆれるよ
ねんねこ　ねんねこ　ねんねこよ

（北原白秋《きたはらはくしゅう》・詩《し》　草川信《くさかわしん》・曲《きょく》）


「歌《うた》をうたって、おばあちゃんがよくゆらしてくれたわね」

スカンポの小枝《こえだ》には、葉《は》を巻《ま》いて作《つく》った筒《つつ》が、いくつもぶらさがっています。

「これがゆりかごね。葉《は》っぱで折《お》った草笛《くさぶえ》みたい。吹《ふ》いてみようか」

「でも、これ、生《う》まれてくる赤《あか》ちゃんのおべんとう箱《ばこ》なんだろう」

「赤《あか》ちゃんのゆりかごにも、おへやにも、おうちにもなるんでしょ」

チョッキリは、わき目《め》もふらず、葉《は》っぱのゆりかごをこしらえています。

「ゆりかごの中《なか》で卵《たまご》がかえると、赤《あか》ちゃんは、まわりの葉《は》っぱを食《た》べて大《おお》きくなり、サナギになって、チョッキリになって、やっとゆりかごから出《で》てくるんだって」

お姉《ねえ》ちゃんが二人《ふたり》に話《はな》している時《とき》でした。

葉《は》っぱが一枚《いちまい》、枝《えだ》からはなれ、ひらひらと川《かわ》へ落《お》ちていきました。

マサちゃんが急《いそ》いで拾《ひろ》い上《あ》げます。

「巻《ま》きかけの葉《は》っぱだ。卵《たまご》もついてるじゃないか」

「チョッキリは、しくじって切《き》り落《お》としてしまったのね。巻《ま》きかけ

だから手伝《てつだ》ってあげようか」

三人《さんにん》は、折紙《おりがみ》を折《お》るように、ていねいに葉《は》っぱを巻《ま》き始《はじ》めました。

でも、チョッキリのようにうまく巻《ま》くことができません。葉《は》っぱは、すぐ反《そ》り返《かえ》ってしまいます。とても難《むずか》しい細工《さいく》だったのです。

葉《は》っぱを巻《ま》きながら、ヒロちゃんが言《い》いました。

「スカンポの葉《は》っぱは、ぼくの手《て》のひらほどもあるのに、チョッキリのからだってアリぐらい。チョッキリって、すごい力《ちから》もちなのね」

ようやく葉《は》っぱを巻《ま》き上《あ》げると、枝《えだ》の上《うえ》にそっと乗《の》せ、子《こ》どもたちは、安心《あんしん》したように帰《かえ》っていきました。

子《こ》どもたちの置《お》いていった葉《は》っぱのゆりかごをちらっと見《み》て、

チョッキリはしばらく何《なに》かを考《かんが》えているようでしたが、そのうち、ゆりかごを転《ころ》がしていって、葉《は》っぱの先《さき》から外《そと》へ押《お》し出《だ》してしまったのです。ゆりかごは、また川《かわ》に落《お》ちて、流《なが》れていきます。でも、チョッキリは、あわてるようすもなく、じっと見送《みおく》っているのです。

――なぜ、チョッキリは卵《たまご》を川《かわ》へ流《なが》してしまったのだろう？

水辺《みずべ》からそれを見《み》ていたとべないホタルには、チョッキリの考《かんが》えがつかめません。

とべないホタルは、スカンポの茎《くき》をかけのぼり、葉《は》っぱの上《うえ》に出《で》ると、チョッキリに声《こえ》をかけました。

「どうしたの、葉《は》っぱを落《お》としちゃったの？」

ホタルの姿《すがた》を見《み》ると、チョッキリは、何《なに》もいわず、あわてて葉《は》っぱのうらにかくれます。

——お友《とも》だちにはなれないんだ。

とべないホタルは、がっかりしました。

この岸辺《きしべ》の虫《むし》たちの多《おお》くは、なぜかまわりの生《い》き物《もの》を恐《おそ》れ、心《こころ》を閉《と》ざしているのです。


水《みず》ぎわから、そっと声《こえ》をかけてきた者《もの》がいます。

メダカたちです。メダカは、透《す》きとおった細《ほそ》い小《ちい》さなからだに大《おお》きな目《め》。とべないホタルが水辺《みずべ》で明《あ》かりを灯《とも》すころになると、いつもやってきて、とべないホタルに話《はな》しかけます。

「ゆりかごになる葉《は》っぱはね、スカンポの葉《は》じゃなく、ほんとうは『イタドリ』の葉《は》っぱだよ」

「ええっ、どうして？」

「チョッキリが卵《たまご》を生《う》むのは、イタドリの葉《は》っぱに決《き》まっているのさ」

「どうして、決《き》まっているの？」

「チョッキリの子《こ》が食《た》べるのは、イタドリの葉《は》っぱだもの」

「スカンポっていうのは？」

「ほら、向《む》こう岸《ぎし》に生《は》えている草《くさ》がスカンポ。スカンポは『スイバ』

という草《くさ》のこと」

　別《べつ》なメダカが言《い》いました。

「スイバもイタドリも水辺《みずべ》に生《は》える草《くさ》よ。両方《りょうほう》とも大《おお》きくなると茂《しげ》った木《き》のように見《み》えるわ。でも、スイバの葉《は》は細長《ほそなが》だし、イタドリの葉《は》は丸《まる》いの。そして幼《おさな》い葉《は》っぱには、白《しろ》やピンクの美《うつく》しい更紗《さらさ》もようができるの」

「でも、イタドリなのに、どうしてスカンポっていってるの？」

「わからない」

「物知《ものし》りのきみたちでもわからないの」

「わからない。この水辺《みずべ》では、わからないことがいっぱい起《お》きてい

るんだよ」

——そうだ。水辺《みずべ》にはわからないことばかり。

この水辺《みずべ》では、どうしてあんなに流《なが》れ星《ぼし》が多《おお》いんだろう。

その奇妙《きみょう》な水辺《みずべ》へ、どうしてボクは迷《まよ》いこんでしまったんだろう。

ホタルなど一《いっ》ぴきも住《す》んでいない水辺《みずべ》なのに。

日《ひ》が落《お》ちるころになると、チョッキリの仲間《なかま》のゾウムシたちが水辺《みずべ》のネムの木《き》の蜜《みつ》を吸《す》いに集《あつ》まってきます。チョッキリの仲間《なかま》は、みな羽《はね》の色《いろ》が美《うつく》しく、黒《くろ》、紫《むらさき》、緑《みどり》、茶色《ちゃいろ》にキラキラ光《ひか》り、宝石《ほうせき》をつないだように見《み》えます。

しかし、どのゾウムシたちも、イタドリの葉《は》っぱを巻《ま》いているチョッキリをいじわるそうな目《め》で見《み》ています。

まず、ウメチョッキリが言《い》いました。

「葉《は》っぱを巻《ま》くなんて、めんどうじゃない？　ウメチョッキリだったら、ウメの実《み》に口先《くちさき》をつっこんで卵《たまご》を生《う》むわ」

モモチョッキリも言《い》いました。

「モモチョッキリだったら、桃《もも》の実《み》に口《くち》をつっこんで卵《たまご》を生《う》むわ」

「そうだよ、そうだよ、葉《は》っぱを巻《ま》くなんてめんどうだよ」

ソラマメチョッキリもアズキマメチョッキリも口々《くちぐち》に言《い》いました。チョッキリの仲間《なかま》には、それぞれの、食《た》べる物《もの》によって名前《なまえ》がついているのです。

イタドリの葉《は》の上《うえ》のチョッキリは、だまって仕事《しごと》を続《つづ》けています。チョッキリたちは、みなゾウムシの仲間《なかま》で、チョッキリゾウムシとも呼《よ》ばれます。ゾウムシの仲間《なかま》は、口《くち》の先《さき》がゾウの鼻《はな》のように伸《の》びていて、その先《さき》に、木《き》の実《み》などに穴《あな》を掘《ほ》るドリル（錐《きり》）をつけている虫《むし》が多《おお》いのです。

イタドリの葉《は》の上《うえ》のチョッキリは、心《こころ》の中《なか》で言《い》いました。

「でも、ドリルなんて、私《わたし》は持《も》っていないわ。葉《は》っぱを巻《ま》くことしかできないわ」

ネムの木《き》の高《たか》い枝《えだ》から、ミノムシがいっぴき、すうーっと糸《いと》を引《ひ》いて降《お》りてきました。ミノムシは、一生《いっしょう》、枯葉《かれは》のゆりかごの中《なか》で暮《く》らしている虫《むし》です。

「ゆりかごなんて、生《う》まれてきた子《こ》どもに作《つく》らせたらいいよ。ぼくのゆりかごだって、枯《か》れ葉《は》を集《あつ》め、ぼくが自分《じぶん》でこしらえたんだ」

チョッキリは、ミノムシの言《い》うこともじっと聞《き》いていましたが、

「チョッキリの子《こ》は、自分《じぶん》のゆりかごなど作《つく》れないわ」

と、小《ちい》さな声《こえ》で言《い》いました。

その時《とき》、ネムの枝《えだ》がひどくゆれました。大《おお》きな虫《むし》が羽音《はおと》を立《た》てて、ネムの葉《は》の上《うえ》に降《お》りてきたのです。葉《は》のかげから、二本《にほん》の長《なが》いひげがぶきみに動《うご》いているのが見《み》えます。

「ハンミョウだ。虫《むし》を食《た》べる怖《こわ》い虫《むし》なんだよ」

メダカが教《おし》えてくれました。

また、大《おお》きな羽音《はおと》がして、別《べつ》のハンミョウが一《いっ》ぴき降《お》りてきました。後《うし》ろ足《あし》の二本《にほん》が折《お》れています。小鳥《ことり》にでも襲《おそ》われたのでしょうか。ハンミョウは、ペタリとしりもちをつくように、先《さき》にきていたハンミョウの隣《となり》にとまりました。

ところが、先《さき》にきていたハンミョウは、じろりとそのハンミョウをにらむと、いきなり頭《あたま》に噛《か》みついていったのです。

ハンミョウは美《うつく》しい虫《むし》です。二枚《にまい》の羽《はね》の橙《だいだい》や緑《みどり》や、紫色《むらさきいろ》のもようが、まるで、絵具《えのぐ》で描《えが》かれたように鮮《あざ》やかです。その美《うつく》しい羽《はね》が

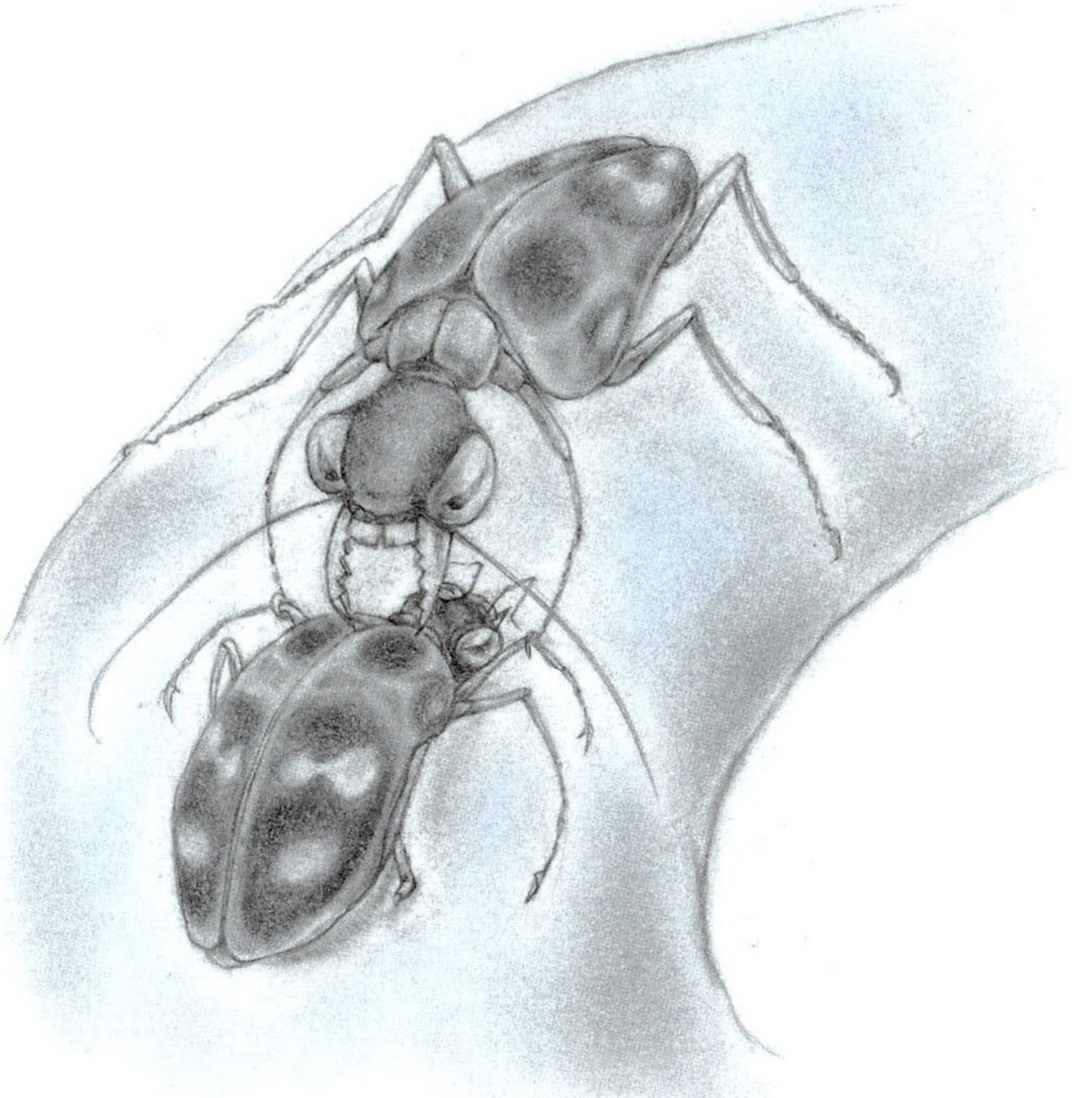

バリバリと音《おと》を立《た》てて噛《か》みくだかれます。

とべないホタルは、思《おも》わず目《め》をおおいました。こんな怖《こわ》いことを目《め》にしたのは初《はじ》めてだったのです。

前足《まえあし》の一本《いっぽん》まで食《た》べつくしてしまうと、ハンミョウは声《こえ》を荒《あら》げて言《い》いました。

「ゆりかごなんてシャラクセエ。ハンミョウの子《こ》どもはな、自分《じぶん》の力《ちから》で穴《あな》を掘《ほ》って巣《す》をつくり、通《とお》りかかった虫《むし》を引《ひ》っぱりこんで食《た》べるんだ」

ネムの葉《は》の上《うえ》にいた虫《むし》は、みな逃《に》げ去《さ》っていました。チョッキリも、イタドリの葉《は》の裏《うら》にかくれ、ふるえていました。

「水辺《みずべ》の虫《むし》たちとは、とうてい仲《なか》よしにはなれないなあ」

大《おお》きな息《いき》をつくと、とべないホタルは、メダカに言《い》いました。

「チョッキリは、命《いのち》がけで、ゆりかごを作《つく》っていたんだね」

「そうだよ。昼《ひる》はハンミョウやトンボが、夜《よる》はムカデやハサミムシが襲《おそ》ってくる。チョッキリは、周《まわ》りの怖《こわ》い虫《むし》におびえながら、命《いのち》がけで葉《は》っぱを巻《ま》いていたんだ」

とべないホタルは、さっき、ウメチョッキリやモモチョッキリの言《い》うことに少《すこ》し賛成《さんせい》しかけていたことを、とてもはずかしく思《おも》いました。

——ホタルのボクには、ゆりかごを作《つく》ってくれる親《おや》などいなかった。それで、チョッキリをやっかんでいたんだ、ボクは。

落《お》ちこんだとべないホタルをはげますように、メダカが言《い》いました。

「川《かわ》の底《そこ》にはね、もっとすごいゆりかごを作《つく》っている魚《さかな》がいるんだよ。見《み》にいかないかい」

ヤゴの奇妙なダンス

――川底《かわぞこ》

川底《かわぞこ》は、思《おも》ったよりも生温《なまあたた》かく、岸《きし》から見《み》ていた時《とき》よりずいぶん濁《にご》っていました。

青黒《あおぐろ》い、ずんぐりした魚《さかな》がゆっくり近《ちか》づいてきました。大《おお》きなナマズです。ナマズは、長《なが》いひげを四本《よんほん》、ゆらゆらさせながら通《とお》り過《す》ぎていきます。近《ちか》くにいたドジョウが数《すう》ひき、あわてて泥《どろ》の中《なか》にかくれました。ドジョウたちは、ナマズをひどく恐《おそ》れているようです。

「ここは、ほんとうに川《かわ》の底《そこ》かい？　呼吸《こきゅう》もらくにできるし、羽《はね》もぬれていないけど」

メダカに聞《き》いてみました。

「川底《かわぞこ》だよ。でも、きみだけは夢《ゆめ》の中《なか》からやってきたんだ。だから、羽《はね》はぬれていない……。まてよ、ぼくたちの方《ほう》がきみの夢《ゆめ》の中《なか》に入《はい》りこんでいるのかも知《し》れない」

大《おお》きな黒《くろ》い二枚貝《にまいがい》が、砂地《すなじ》から半分《はんぶん》からだを出《だ》し、ぴゅっ、ぴゅっと水《みず》を出《だ》し入《い》れしています。

「あれがカラスガイだ。今《いま》に、タナゴという魚《さかな》がやってきて、あの貝《かい》をゆりかごにするんだ。見《み》ていてごらん」

メダカが言《い》います。

銀色《ぎんいろ》に光《ひか》るうすべったい魚《さかな》が泳《およ》いできました。

「タナゴだよ。あの魚《さかな》がカラスガイの中《なか》に卵《たまご》を生《う》むんだ」

「貝《かい》の中《なか》に？」

「そうなんだ」

タナゴは、カラスガイの真上《まうえ》までくると、おなかのあたりから細《ほそ》い管《くだ》を貝《かい》に向《む》け、するすると伸《の》ばしました。管《くだ》が貝《かい》に届《とど》いた瞬間《しゅんかん》、タナゴは、ぴくっとからだをふるわせました。

「今《いま》、卵《たまご》を生《う》みつけたんだ」

　メダカが言《い》います。

　二枚《にまい》の貝《かい》のわずかなすき間《ま》から管《くだ》を入《い》れ、貝《かい》のえらの間《あいだ》に卵《たまご》を生《う》み落《お》とすという早業《はやわざ》です。うまく成功《せいこう》していたら、卵《たまご》は貝《かい》の中《なか》でかえり、大《おお》きくなり、泳《およ》げるようになって貝《かい》の中《なか》から出《で》てくるというもくろみなのです。

「うまくいったのかなあ、失敗《しっぱい》したのかなあ」

　メダカがそう言《い》っていると、今度《こんど》は、タナゴのまわりへ、小石《こいし》のようなものがいくつもいくつも飛《と》んできます。タナゴは、ひらりと身《み》をかわして水面《すいめん》へ逃《に》げ、カラスガイはあわてて砂《すな》にもぐりました。

小石《こいし》は、飛《と》んでくると、ピカッと光《ひか》ります。ただの石《いし》ころではないようです。何《なん》と、石《いし》には二本《にほん》の鋭《するど》い牙《きば》のようなものがついていて、それがぶきみに光《ひか》っています。

やがて、川底《かわぞこ》に積《つ》もっていた枯葉《かれは》の間《あいだ》から、枯葉《かれは》そっくりな虫《むし》がはい出《だ》してきました。ヤゴです。ギンヤンマの幼虫《ようちゅう》です。

ギンヤンマは、青《あお》いしっぽのすらりと伸《の》びた美《うつく》しいトンボなのに、幼虫《ようちゅう》のヤゴは、かさかさした、しわだらけのきたならしい虫《むし》。ことに顔《かお》のあたりがごちゃごちゃしていて、そのごちゃごちゃした顔《かお》から、あごの一部《いちぶ》がカメレオンの舌《した》のように長《なが》く伸《の》び、先《さき》についている鋭《するど》い牙《きば》で魚《さかな》や虫《むし》をとらえるのです。タナゴをねらって飛《と》んできた

のは、伸《の》びちぢみするそのアゴだったようです。獲物《えもの》を取《と》り逃《のが》してしまったヤゴは、いまいましそうにタナゴの逃《に》げ去《さ》った水面《すいめん》をにらんでいます。

川《かわ》の中《なか》のふしぎなできごとは、まだ続《つづ》きます。川底《かわぞこ》のヤゴの頭《あたま》の上《うえ》へ、赤《あか》い大《おお》きなはさみが、まるで巨大《きょだい》なクレーンのように、降《お》りてきたのです。ザリガニのはさみです。ザリガニは、とげだらけの赤《あか》く固《かた》い殻《から》に包《つつ》まれ、腰《こし》を曲《ま》げるとエビのように見《み》えます。でも、カニのように二本《にほん》の大《おお》きなはさみを持《も》っています。姿《すがた》を現《あらわ》したザリガニは、のそり、のそりと近《ちか》づいてきます。ザリ

ガニは、ヤゴの十倍《じゅうばい》もからだが大《おお》きく、とうていヤゴの戦《たたか》える相手《あいて》ではありません。逃《に》げまわるだけのヤゴを、ザリガニははさみをふりまわして追《お》いかけます。ヤゴは、片方《かたほう》のはさみから逃《のが》れても、もう片方《かたほう》のはさみから逃《のが》れることはできません。とらえられたヤゴは、次々《つぎつぎ》と岩《いわ》の間《あいだ》へ押《お》しこまれ、押《お》しつぶされ、ザリガニの口《くち》へ運《はこ》ばれます。

ザリガニの去《さ》ったあとには、食《く》いちぎられたヤゴのしっぽや足《あし》、目玉《めだま》などが、ぷかぷか浮《う》いています。かくれていたヤゴがまた出《で》てきて、浮《う》いているその足《あし》や目玉《めだま》をつついています。

岩《いわ》かげで見《み》ていたとべないホタルは、思《おも》わず息《いき》をのみました。

今度《こんど》は、川底《かわぞこ》の石《いし》の間《あいだ》から、見《み》たこともない奇妙《きみょう》な虫《むし》が、もぞもぞ出《で》てきました。うす汚《よご》れたはだか虫《むし》で、イモムシのように這《は》っています。頭《あたま》としっぽとが少《すこ》しとがっています。この虫《むし》も、ザリガニがいなくなったと思《おも》って出《で》てきたのでしょう。でも、ヤゴが居合《いあ》わせました。虫《むし》はあわてて石《いし》の間《あいだ》にもどろうとしましたが、もう間《ま》に合《あ》いません。ヤゴは、また、伸《の》びちぢみのするあごで、はだか虫《むし》をとらえてたぐり寄《よ》せ、引《ひ》きちぎったり、ねじ切《き》ったり、手荒《てあら》く料理《りょうり》して口《くち》へもっていきます。

食《た》べたいだけ食《た》べたのか、ヤゴは、そそくさと引《ひ》き上《あ》げていきました。

川《かわ》は静《しず》かになりました。

「怖《こわ》かったね」
「うん」
「川底《かわぞこ》は、いつもこうなのかい」
「うーん」

メダカも、ため息《いき》をついています。メダカもさすがに気分《きぶん》はよくないようです。

メダカと話《はな》していると、しょうこりもなく、またあの奇妙《きみょう》な虫《むし》が這《は》い出《だ》してきました。虫《むし》たちは、一列《いちれつ》になって水草《みずくさ》の茂《しげ》みを目《め》ざしているようです。

水草《みずくさ》の茎《くき》には、黒《くろ》っぽい小《ちい》さな巻貝《まきがい》がいくつもくっついています。水草《みずくさ》に近《ちか》づくと、虫たちはその貝《かい》を寄《よ》ってたかって引《ひ》っぱりおろしています。砂《すな》の上《うえ》に落《お》とされた貝《かい》は危険《きけん》を感《かん》じ、しっかり蓋《ふた》を閉《と》じます。その蓋《ふた》をこじ開《あ》け、引《ひ》きちぎると、虫《むし》は貝《かい》の上《うえ》におおいかぶさり、しっかり押《お》さえています。

「あの虫《むし》はね、毒《どく》を出《だ》し、貝《かい》の肉《にく》を溶《と》かして吸《す》ってるんだよ」

貝《かい》を襲《おそ》う虫《むし》の姿《すがた》を見《み》て、とべないホタルは、からだがふるえました。

「あの虫《むし》は何《なん》ていうの？」

「……」

メダカは答《こた》えてくれません。

「じゃ、あの貝《かい》の方《ほう》は？」

「カワニナ」

「虫《むし》は？」

とべないホタルは、もう一度《いちど》聞《き》きます。

メダカは、言《い》いにくそうに答《こた》えました。

「ホタルの……、幼虫《ようちゅう》……、だよ」

あの虫《むし》がホタルの幼虫《ようちゅう》だと聞《き》いて、とべないホタルは息《いき》が止《と》まりました。ハンミョウに頭《あたま》から噛《か》みつかれたような激《はげ》しいショックでした。弱《よわ》い虫《むし》は、またそれよりさらに弱《よわ》い生《い》き物《もの》を襲《おそ》っていたのです。そして、それが自分《じぶん》たちホタルの幼虫《ようちゅう》だったとは。

ホタルは成虫《せいちゅう》になると、餌《えさ》もとらず、水《みず》だけで生《い》きています。だから、他《ほか》の生《い》き物《もの》を襲《おそ》うこともありません。幼虫《ようちゅう》の時《とき》、カワニナを襲《おそ》って食《た》べていたということなど、とっくに忘《わす》れていたのです。

とべないホタルは暗《くら》い気持《きも》ちになりました。

忘《わす》れていたのではなく、忘《わす》れようとしていたのかも知《し》れません。

そう気《き》がつくと、とべないホタルは、もっと暗《くら》い気持《きも》ちになりました。

水面《すいめん》から声《こえ》が伝《つた》わってきました。人間《にんげん》の子《こ》どもたちの声《こえ》です。子《こ》どもたちも川《かわ》の中《なか》をのぞきこみ、虫《むし》や魚《さかな》たちの争《あらそ》いを見《み》ていたようです。

「……虫《むし》は痛《いた》くないのかしら……、怖《こわ》くないのかしら……、嚙《か》みつかれたり、引《ひ》きちぎられたりして……」

「痛《いた》いよ……。怖《こわ》いさ。だから、つかまらないように逃《に》げてるんじゃないか」

「じゃ、殺《ころ》し合《あ》わなきゃいいのに」

「弱《よわ》い虫《むし》を食《た》べて、強《つよ》い虫《むし》は生《い》きているのよ」
「……」
子《こ》どもたちの声《こえ》は、少《すこ》しとぎれました。
「ずっと前《まえ》、ザリガニがナマズの大《おお》きな口《くち》にひとのみにされている
のを見《み》たことがあるよ」
「食《た》べられる順番《じゅんばん》が決《き》まっているみたいだわ。ヤゴはザリガニに食《た》
べられて、ザリガニはナマズに食《た》べられて……」
「ヤゴはホタルの幼虫《ようちゅう》を食《た》べ、ホタルの幼虫《ようちゅう》はカワニナを食《た》べて
……」
「カワニナは？」

「水草《みずくさ》や石《いし》についた藻《も》を食《た》べるわ」

「じゃ、水草《みずくさ》や藻《も》は？」

「水草《みずくさ》や藻《も》は、生《い》き物《もの》を食《た》べないわ。水《みず》と太陽《たいよう》の光《ひかり》を原料《げんりょう》にして、自分《じぶん》で食《た》べ物《もの》を作《つく》っているの」

「ふぅーん、水草《みずくさ》って、やさしいのね」


水《みず》の中《なか》から湧《わ》き出《だ》してきたように、透《す》きとおった細《こま》かい生《い》き物《もの》が群《む》れて出《で》てきました。小《ちい》さなエビのように見《み》えますが、頭《あたま》と目《め》がとても大《おお》きくしっぽがひどく短《みじか》いので、オタマジャクシのようにも見《み》えます。

「ザリガニの赤《あか》ちゃんだ。いつもは親《おや》のザリガニのまわりにいるのに……今日《きょう》は、親《おや》がついていない……」

メダカが言《い》いかけた時《とき》、何《なに》かが猛烈《もうれつ》な勢《いきお》いで突《つ》っこんできました。

また、ヤゴです。

ヤゴは、おしりから水《みず》のジェットを吹《ふ》き出《だ》し、ザリガニの赤《あか》ちゃんに体当《たいあ》たりを始《はじ》めました。突《つ》きとばされ、押《お》しつぶされた赤《あか》ちゃんは、動《うご》けなくなって、ゆらゆらと沈《しず》んでいきます。川底《かわぞこ》には、動《うご》けなくなったザリガニの赤《あか》ちゃんが、白《しろ》く雪《ゆき》のように積《つ》もってしまいました。

ところが、ヤゴは、それを餌《えさ》として食《た》べようとはしません。ただザリガニの赤《あか》ちゃんを追《お》いまわし、それを楽《たの》しんでいるだけのようです。

「川底《かわぞこ》の生《い》き物《もの》とも、ボクは、仲《なか》よしになれないなあ」

とべないホタルは、ため息《いき》をつきました。

岸辺《きしべ》から川底《かわぞこ》をのぞいていた子《こ》どもたちもそれを見《み》ていました。

「許《ゆる》せないよ。食《た》べもしないのに殺《ころ》すんだもの」

「殺《ころ》さなくてもいいのに殺《ころ》している。何《なに》を考《かんが》えているの、あのヤゴ？」

「ヤゴの目《め》には、弱《よわ》い虫《むし》や魚《さかな》など、餌《えさ》かごみにしか見《み》えない。ザリ

ガニの赤《あか》ちゃんなど、ごみにさえ見《み》えないのかも知《し》れないわ」

気《き》がつくと、川《かわ》の中《なか》のようすが、いつもとは少《すこ》し違《ちが》うようです。小《ちい》さな渦巻《うずまき》が川底《かわぞこ》からいくつもいくつも立《た》ちのぼってきます。それに追《お》われるように、ドジョウの群《む》れが水面《すいめん》へかけあがっていきます。ドジョウのもぐっていた川底《かわぞこ》からは、泥《どろ》や砂《すな》が吹《ふ》き出《だ》しています。ショックを受《う》けたのか、魚《さかな》たちもおかしな動《うご》きを見《み》せ始《はじ》めました。まず、ナマズです。ナマズは、巣穴《すあな》にいて、ヤゴがザリガニの子《こ》をいじめているのをじっと見《み》ていたのですが、やがて、ふらりと巣穴《すあな》を出《で》ると、川下《かわしも》のほうへ向《む》かってゆっくり泳《およ》ぎ始《はじ》めたのです。

郵便はがき

料金受取人払

豊島局承認

3394

差出有効期間
平成20年3月
15日まで

171-8790

425

東京都豊島区池袋3- 9-23

ハート出版

①ご意見・メッセージ 係
②書籍注文 係（裏面お使い下さい）

ご愛読ありがとうございました

ご購入図書名		
ご購入書店名	区 市 町	書店

●本書を何で知りましたか？

① 新聞･雑誌の広告（媒体名　　　　　　　　　　）　② 書店で見て
③ 人にすすめられ　④ 当社の目録　⑤ 当社のホームページ
⑥ 楽天市場　⑦ その他（　　　　　　　　　　）

●当社から次にどんな本を期待していますか？

●メッセージ、ご意見などお書き下さい●

ご住所	〒		
お名前	フリガナ	女・男 歳	お子様 有・無
ご職業	・小学生・中学生・高校生・専門学生・大学生・フリーランス・パート ・会社員・公務員・自営業・専業主婦・無職・その他（　　）		
電　話	(　-　-　)	当社からのお知らせ	1．郵送ＯＫ 2．FAX ＯＫ 3．e-mail ＯＫ 4．必要ない
ＦＡＸ	(　-　-　)		
e-mail アドレス	@	パソコン・携帯	

注文書	お支払いは現品に同封の郵便振替用紙で。(送料実費)	冊数

ナマズがいなくなると、そのあたりにいたドジョウたちは、恐《おそ》る恐《おそ》るナマズの巣穴《すあな》へ入《はい》っていきました。

ナマズは、途中《とちゅう》で一度《いちど》ふり返《かえ》り、ドジョウたちがナマズの巣穴《すあな》に入《はい》ったことを見届《みとど》けると、安心《あんしん》したように、またゆっくりと下流《かりゅう》に向《む》かって泳《およ》ぎ出《だ》したのです。

——ナマズは、自分《じぶん》の巣穴《すあな》をドジョウたちに譲《ゆず》るつもりなのかなあ。ナマズは、急《きゅう》に何《なに》を考《かんが》えたのだろう。

とべないホタルには、よくわかりません。

——それにしても、巣穴《すあな》を捨《す》て、ナマズはどこへ行《い》くつもりなんだろう。

一方《いっぽう》、ヤゴは？　と見《み》ると、びっくりしました。ヤゴはザリガニの赤《あか》ちゃんといっしょに踊《おど》っているのです。頭《あたま》をぴょこぴょこ振《ふ》って、しっぽをぴんぴん跳《は》ねあげて、何《なん》とも奇妙《きみょう》なダンスです。ザリガニの赤《あか》ちゃんたちも、ヤゴを囲《かこ》み、何《なに》か楽《たの》しそうです。

——ヤゴは、頭《あたま》がおかしくなったのかなあ。

と、とべないホタルは思《おも》いました。ヤゴは、ごちゃごちゃした顔《かお》を、もっとくしゃくしゃにして踊《おど》っています。楽《たの》しんでいるのか、困《こま》っているのかよくわかりません。

水底《みなそこ》から、ごーうっ、と鈍《にぶ》い音《おと》が響《ひび》いてきて、とつぜん、川《かわ》は下流《かりゅう》から上流《じょうりゅう》に向《む》かって逆《ぎゃく》に流《なが》れ始《はじ》めました。

踊《おど》っていたヤゴとザリガニの赤《あか》ちゃんは、そのまま水《みず》にのまれ、一挙《いっきょ》に目《め》の前《まえ》から消《き》えました。

タナゴもオタマジャクシもフナも、後《うし》ろ向《む》きになったまま強《つよ》い勢《いきお》いで川上《かわかみ》へ吸《す》いこまれていくのです。今《いま》までホタルといっしょにいたメダカたちも、いつのまにか姿《すがた》を消《け》しています。

そのうち、上流《じょうりゅう》から岩《いわ》の崩《くず》れる大《おお》きな音《おと》が聞《き》こえました。同時《どうじ》に、激《はげ》しい波《なみ》がたたきつけるように押《お》し寄《よ》せてきました。流《なが》れがまた変《か》わったのです。

上流《じょうりゅう》へ吸《す》い寄《よ》せられていた魚《さかな》たちは、いっせいに引《ひ》き戻《もど》され、すさまじい勢《いきお》いで下流《かりゅう》へ押《お》し流《なが》されていきました。

タニシやカワニナやシジミなど、川底《かわぞこ》の貝《かい》も、おびただしい小石《こいし》といっしょに、ガラガラ音《おと》を立《た》てて流《なが》されていきました。

アユやサワガニなど上流《じょうりゅう》に住《す》んでいた魚《さかな》も、水辺《みずべ》をはい回《まわ》っていたカタツムリやヘビや、そしてカエルも、みな、水《みず》しぶきの中《なか》に消《き》えていきました。

大《おお》きな赤《あか》いかたまりが、くるくる回転《かいてん》しながら流《なが》れてきて、激《はげ》しく岩角《いわかど》に衝突《しょうとつ》し、ばらばらに砕《くだ》け、はさみや手足《てあし》が、あちこちへ飛《と》び散《ち》りました。ザリガニの最期《さいご》でした。

気《き》がつくと、川底《かわぞこ》には、とべないホタルだけが残《のこ》っています。

——ぼくは、やっぱり、まだ夢《ゆめ》の中《なん》なのかなあ。


夢《ゆめ》の中《なか》へ、子《こ》どもたちの声《こえ》が響《ひび》いてきます。

「今夜《こんや》は、いっぱい星《ほし》が降《ふ》るわ」

「どうして?」

「悲《かな》しいことの数《かず》だけ、星《ほし》は降《ふ》ってくるのよ。虫《むし》や魚《さかな》の命《いのち》が一《ひと》つ失《うしな》われると、星《ほし》は一《ひと》つ流《なが》れ星《ぼし》になって落《お》ちるのよ。星《ほし》は、生《い》き物《もの》の悲《かな》しみを分《わ》け合《あ》ってくれるの」

「チョッキリも、ミノムシも、ハンミョウも……」

「メダカも、ドジョウも、ヤゴも、ザリガニも、みんな流《なが》されてしまった」

「今夜《こんや》は、いっぱい、いっぱい星《ほし》が降《ふ》るわ」

星の降る岸辺に

――岸辺《きしべ》

糸《いと》のように細《ほそ》い雨《あめ》が静《しず》かに降《ふ》っています。荒《あ》れはてた岸辺《きしべ》を癒《い》やしてくれるやさしい雨《あめ》です。

折《お》れたネムの木《き》の枝《えだ》にのぼって、とべないホタルは、物思《ものおも》いに沈《しず》んでいました。

――あの日《ひ》の恐《おそ》ろしいできごとは、どうして起《お》きたのだろう。遠《とお》い海《うみ》の果《は》てで発生《はっせい》した高《たか》い波《なみ》が、海《うみ》を渡《わた》り、いくつもの川《かわ》をさかのぼって、この岸辺《きしべ》までやってきたのかしら。それとも、近《ちか》くで人間《にんげん》たちがまた何《なに》か工事《こうじ》を始《はじ》めたのかしら。ホタルのボクには何《なん》にもわからない。

折《お》れたイタドリの茎《くき》の上《うえ》でサワガニがもぞもぞと動《うご》いています。サワガニの殻《から》は、ぱっくりと割《わ》れています。

あの怖《こわ》いできごとで、岸辺《きしべ》の生《い》き物《もの》の暮《く》らしは、すっかり変《か》わってしまいました。チョッキリの卵《たまご》やタナゴの卵《たまご》は、ゆりかごに乗《の》せられたままどこへ流《なが》されていったのだろう。あのいじわるなヤゴだって、ギンヤンマになれる日《ひ》を心待《こころま》ちにしていたろうに、もう、

この水辺《みずべ》へ戻《もど》ってくることはない。

イタドリの葉《は》の下《した》で、ポチャンと音《おと》がしました。ドジョウが二ひき、水面《すいめん》から頭《あたま》を出《だ》しています。

――ああ、ドジョウは生《い》きていたんだ。そうだ、ナマズに巣穴《すあな》を譲《ゆず》ってもらったんだもの。

水《みず》ぎわで、ピチャピチャッと音《おと》がします。糸《いと》くずのような細《こま》かい魚《さかな》が群《む》れになって泳《およ》いでいます。

――タナゴの子《こ》だ。カラスガイのゆりかごから出《で》てきたんだ。カラスガイも、生《い》き残《のこ》っていたんだ。

とべないホタルは、少《すこ》し明《あか》るい気持《きも》ちになりました。

「帰《かえ》ってきたんだよーう」

川《かわ》の中《なか》ほどから、元気《げんき》な声《こえ》が聞《き》こえてきました。メダカの声《こえ》です。

メダカが帰《かえ》ってきたようです。

メダカたちは、岸《きし》へ寄《よ》ってきました。

「よく帰《かえ》ってこれたね」

「海《うみ》まで流《なが》されたんだけど、満潮《みちしお》に乗《の》って帰《かえ》ってきたんだ。海《うみ》から大《おお》きな川《かわ》へ入《はい》って、それから中《なか》ほどの川《かわ》に入《はい》り、枝川《えだがわ》をいくつもいくつもさかのぼって、やっとこの水辺《みずべ》へ、今着《いまつ》いたんだ」

「満潮《みちしお》を待《ま》っている間《あいだ》、渚《なぎさ》でボラの子《こ》と遊《あそ》んでいたのよ。メダカは海《うみ》の水《みず》にとても強《つよ》いの」

「メダカってすごいね。海《うみ》まで流《なが》されて、また海《うみ》から帰《かえ》ってくるんだもの。すごいよ」

とべないホタルが驚《おどろ》くと、メダカはかえってとまどったような顔《かお》になって言《い》いました。

「悪《わる》いと思《おも》っているんだよ。ぼくたちだけ帰《かえ》ってこれて……」

メダカは、明《あか》るい声《こえ》にもどって言《い》いました。

「イタドリの名前《なまえ》のことがわかったんだ。川下《かわしも》だったら、イタドリのことは『イタドリ』、スカンポのことは『スカンポ』」

「川上《かわかみ》だったら？」

「イタドリもスカンポもみんな『スカンポ』」

「その土地《とち》に住《す》む人《ひと》によってちがうのね」

「メダカのことも、川下《かわしも》だったら『メダッコ』とか『メジャッコ』」

「ホタルは？」

「ホ、ホ、ホオタロこい、だって」

メダカは、また物知《ものし》りになって帰《かえ》ってきたのです。

夕暮《ゆうぐ》れになると、とべないホタルは、水《みず》ぎわのツユクサの葉《は》の上《うえ》で、明《あ》かりを灯《とも》します。メダカたちは、また集《あつ》まってきました。

とべないホタルは、前《まえ》から気《き》にかかっていたことをメダカに聞《き》いてみようと考《かんが》えました。

「ぼくには、まだわからないことがいくつもあるんだ。聞《き》いていいかい？」

「ぼくたちにわかるかなあ」

「まず、ナマズのことなんだ。あの怖《こわ》いできごとのあった日《ひ》、ナマズがドジョウに巣穴《すあな》を譲《ゆず》ったじゃないか。あれはどうして？」

メダカは、丸《まる》く集《あつ》まって相談《そうだん》していましたが、すぐホタルのほうを向《む》いて言《い》いました。

「ナマズは、いつまでも川《かわ》の王様《おうさま》になっているのが怖《こわ》くなったんだ

と思《おも》うよ」

「王様《おうさま》になっているのが怖《こわ》いって？」

「いつだったか、ナマズがこう言《い》っているのを聞《き》いたの。『おれが年《とし》をとって、動《うご》けなくなったら、この川《かわ》の魚《さかな》たちがみんなやってきて、おれの目玉《めだま》をつつき、おなかの皮《かわ》をむしるだろう。骨《ほね》だけになったら、その骨《ほね》をかじるだろう』って」

「ナマズは、王様《おうさま》になった自分《じぶん》をそんなふうに考《かんが》えていたのか」

続《つづ》けて、メダカは、こう言《い》いました。

「でも巣穴《すあな》を出《で》る時《とき》のナマズの目《め》は、とてもやさしかったわ。悲《かな》しいような。嬉《うれ》しいような」

「嬉《うれ》しいようなって？」

「ナマズは、いつもドジョウを殺《ころ》して食《た》べていた。それでナマズは生《い》きていたんだ。でも、そのことがいつも心《こころ》に引《ひ》っかかっていた。ドジョウに悪《わる》いと思《おも》って、ドジョウに巣《す》を譲《ゆず》り、やっと引《ひ》っかかりがなくなった」

「ナマズは、どうして急《きゅう》にそんな気持《きも》ちになったのかしら？」

「ザリガニの子《こ》を手《て》ひどくいじめているヤゴをじっと見《み》ていて、ナマズはドジョウを襲《おそ》う自分《じぶん》を見《み》ているような気持《きも》ちになったんじゃないかしら」

「もうひとつ聞《き》いていいかい。そのヤゴのことなんだ」

「うん。ヤゴはザリガニの子《こ》といっしょに、おかしなダンスをしていたね」

「あれは、どうして？」

「踊《おど》ってみたら、けっこう楽《たの》しかったんじゃない。いじめて嫌《きら》われるより、いっしょに遊《あそ》んだほうが楽《たの》しいもの」

「ふーん」

「赤《あか》ちゃんの目《め》は、やさしくて、透《す》みきっているわ。赤《あか》ちゃんの目《め》を見《み》ていたら、ヤゴも自分《じぶん》のやっていることが恥《は》ずかしくなって、目《め》を合《あ》わせられなくなったんじゃないかしら。気《き》がついたら、赤《あか》ちゃんといっしょにダンスをしていた……」

メダカが話《はな》すのを聞《き》いていて、とべないホタルは思《おも》いました。

――ナマズやヤゴは、メダカにとっても怖《こわ》い怖《こわ》い相手《あいて》なのに、メダカは憎《にく》むこともしないし、恐《おそ》れているようすもない。まっすぐに向《む》き合《あ》い、ナマズやヤゴの悲《かな》しい心《こころ》までわかろうとしている。メダカは、からだは小《ちい》さいけど心《こころ》はすごくすごく大《おお》きいんだ。


メダカの話《はな》しぶりに心《こころ》をひかれたとべないホタルは、あとひとつ気《き》になっていたことをメダカに聞《き》いてみたいなと、思《おも》いました。

チョッキリが、卵《たまご》のついている葉《は》っぱを川《かわ》へ捨《す》てたことです。

「それは、チョッキリに聞《き》いたらいいよ。チョッキリは、木《き》の皮《かわ》の間《あいだ》にかくれ、無事《ぶじ》に生《い》きていたんだ。呼《よ》んできてあげようか」

メダカが呼《よ》びにいくと、チョッキリはすぐにやってきました。

チョッキリは、少《すこ》し顔《かお》をくもらせ、こう話《はな》しました。

「なぜかわからないけど、生《う》んだ卵《たまご》のひとつが黒《くろ》くなっていて、形《かたち》もゆがんでいたの。生《い》きているのか、死《し》んでいるのかもよくわからなかったわ。もし、生《い》きていて卵《たまご》からかえったとしても、チョッキリとしてふつうに生《い》きていくことはできないわ」

とべないホタルが言《い》いました。

「実《じつ》は、ぼくだって、そんな、へんな卵《たまご》から生《う》まれたんだよ。だから『とべないホタル』なの。生《う》まれつき羽《はね》がちぢんでいて、飛《と》べなかったんだ。でも今《いま》、生《い》きていてよかったと思《おも》っているんだ」

チョッキリは、じっと考《かんが》えていました。そして、こう言《い》いました。

「チョッキリは、とても弱《よわ》い虫《むし》なの。何《なん》とか生《う》まれても、すぐ殺《ころ》されてしまうわ。周《まわ》りは、いじわるで乱暴《らんぼう》で怖《こわ》い虫《むし》ばかりだもの」

今度《こんど》は、とべないホタルが何《なに》も言《い》えなくなってしまいました。そして、言《い》わないでおこうと思《おも》っていた言葉《ことば》を、つい口《くち》から出《だ》してしまいました。

「でも、生《う》まれてくる赤《あか》ちゃんは生《い》きていたかったかもしれない……、せっかくこしらえたゆりかごなのに、そのゆりかごに卵《たまご》を乗《の》

せ、棺《ひつぎ》にして川《かわ》へ流《なが》すなんて……」

チョッキリは、泣《な》きそうな顔《かお》で聞《き》いていました。

「わたしが卵《たまご》だったら……、いや……、卵《たまご》がわたしだったら……、生《う》まれたくない……、恐《こわ》い水辺《みずべ》へなど……、生《う》まれたくない……、生《う》まれたくない……」

チョッキリは、泣《な》き出《だ》してしまいました。

チョッキリの悲《かな》しい気持《きも》ちが、とべないホタルの心《こころ》の中《なか》に、すうーっと落《お》ちてきたように思《おも》いました。このチョッキリの身《み》になって考《かんが》えるとそうなんだと。

「よくわかった。おせっかいなこと言《い》ってごめんね」

とべないホタルも泣《な》いていました。

とつぜん川岸《かわぎし》のネムの木《き》の枝《えだ》が、キラキラと輝《かがや》き出《だ》しました。光《ひかり》の花《はな》が咲《さ》いたようです。光《ひかり》の糸《いと》を何本《なんぼん》も引《ひ》いて枝《えだ》の後《うし》ろからたくさんのホタルたちが現《あらわ》れました。

「ああよかった。ここにいたのかい、きみは？」

水辺《みずべ》に降《お》りてきたホタルたちは、とべないホタルを囲《かこ》み、口々《くちぐち》に言《い》いました。

「あれっ、きみたちこそ、どうして？」

「きみを探《さが》しにきたんだよ」

「こんな川上《かわかみ》まで歩《ある》いてきていたのかい、きみは」

「うん、上流《じょうりゅう》を目《め》ざしてどんどん歩《ある》いていたら、この岸辺《きしべ》へ出《で》たんだ」

大《おお》きな葉《は》っぱが一枚《いちまい》、ヘリコプターのように空《そら》から降《お》りてきました。

ホタルたちが、何本《なんぼん》ものクモの糸《いと》でつるし、運《はこ》んできたのです。

「これは?」

「舟《ふね》だよ。きみが怪我《けが》でもしていたら乗《の》せて行《い》こうと思《おも》って」

「ありがとう、でも、ぼくは元気《げんき》だよ」

「乗《の》っていけよ、せっかくだから」

葉《は》っぱは、川岸《かわぎし》に生《は》えているハナイカダという木《き》の葉《は》っぱです。舟《ふね》のような形《かたち》の葉《は》のまん中《なか》に、ぽちっとひとつ白《しろ》い小《ちい》さな花《はな》が咲《さ》いています。花《はな》の筏《いかだ》です。

「ここは、まだ夢《ゆめ》の中《なか》なの？」

とべないホタルは、仲間《なかま》のホタルに聞《き》きました。

「夢《ゆめ》の中《なか》じゃないよ」

「どこまでが夢《ゆめ》の中《なか》だったのかしら？」

「妙《みょう》なことばかりいってないで、早《はや》く舟《ふね》に乗《の》りなよ」

とべないホタルを乗《の》せると、葉《は》っぱの舟《ふね》は岸辺《きしべ》をはなれ、下流《かりゅう》に

向《む》かって静《しず》かに動《うご》きだしました。

——ボクにも、『ゆりかご』があったんだ。ボクのゆりかごは、ホタルの仲間《なかま》たちだったんだなあ。

なぜか、この時《とき》、川底《かわぞこ》で出会《であ》ったナマズのことが思《おも》い出《だ》されました。

——ナマズは、川底《かわぞこ》の王様《おうさま》だったけど、年《とし》をとって弱《よわ》くなると、ひとりぼっちになって、だれも寄《よ》りそう者《もの》はいなかった。

水辺《みずべ》を去《さ》っていく時《とき》のナマズの悲《かな》しい顔《かお》が心《こころ》に浮《う》かびました。

仲間《なかま》のホタルたちは、舟《ふね》を見守《みまも》るように空《そら》を飛《と》び交《か》っています。

ホタルたちの明《あ》かりが暗《くら》い水面《みのも》に映《うつ》り、チカチカと光《ひか》っています。

流《なが》れ星《ぼし》がいくつも長《なが》い尾《お》を引《ひ》いて落《お》ちていきました。

気《き》がつくと、メダカたちも舟《ふね》の周《まわ》りを囲《かこ》んで、いっしょうけんめい泳《およ》いでいます。

――チョッキリは、どうしたかしら？　泣《な》き泣《な》き帰《かえ》っていったチョッキリは、あれからどうしたのだろうか。

夕《ゆう》もやに包《つつ》まれた川岸《かわぎし》に、とべないホタルは、じっと目《め》をこらしました。

――卵《たまご》を川《かわ》に流《なが》したことで、チョッキリとは考《かんが》えがちがった。でも、ボクには、チョッキリの気《き》持《も》ちがよくわかった。チョッキリは、ボクの気持《きも》ちをわかってくれたのだろうか。

「何《なに》をそわそわしてるの？」

泳《およ》いでいるメダカが川《かわ》の中《なか》から声《こえ》をかけました。

「チョッキリが……、チョッキリとはわかり合《あ》えなかった……、
チョッキリはどうしたかしら？」

「チョッキリは、いるよ。ほら、川岸《かわぎし》の折《お》れたネムの木《き》のてっぺんで、イタドリの葉《は》っぱが一枚《いちまい》、ゆれているだろう。下《した》で葉《は》っぱを振《ふ》っているのがチョッキリだよ。きみを見送《みおく》っているんだよ」

とべないホタルの心《こころ》にパァッと光《ひかり》がさしこみ、なぜか胸《むね》がいっぱいになりました。

「チョッキリは、わかってくれていたんだ。ありがとう」
かすかにゆれているイタドリの葉《は》っぱに、とべないホタルは手《て》を合《あ》わせました。

天《あま》の川《がわ》が、南《みなみ》の空《そら》から北東《ほくとう》の空《そら》へと大《おお》きく橋《はし》をかけています。天《あま》の川《がわ》の川岸《かわぎし》には、わし座《ざ》、こと座《ざ》、白鳥座《はくちょうざ》など、夏《なつ》の星座《せいざ》がもう出《で》そろっています。

川岸《かわぎし》から、子《こ》どもたちの歌《うた》が聞《き》こえてきました。

……スカンポ　スカンポ
川《かわ》のふち
夏《き》がきたきた
ド、レ、ミ、ファ、ソ

（北原白秋《きたはらはくしゅう》・詩《し》　山田耕筰《やまだこうさく》・曲《きょく》）

（おわり）

作 者

小沢昭巳（おざわ あきみ）

1929年、富山県朝日町生まれ。小学校教師のとき、いじめをなくす願いをこめて壁新聞に「とべないホタル」を書く。時を経て1990年、『とべないホタル』（ハート出版）刊行。万葉歴史館研究員、国立高岡短期大学講師を経て執筆活動に専念。童話の他、教育史・郷土史など出版多数。

画 家

久保田直子（くぼた なおこ）

1960年、富山県高岡市生まれ。1982年、京都精華大学芸術学部造形学科日本絵画科卒業。写真館「スタジオラ・フォーレ」専属カメラマン。2002年、富士営業写真コンテストにてテーマ賞受賞。童画は「とべないホタルの夢」（ハート出版）に続いて2冊目。

装幀：松岡史恵

とべないホタルのゆりかご

平成19年8月6日　第1刷発行

ISBN978-4-89295-570-9　C8093
N.D.C. 913／96P／18.8cm

発行者　日高裕明
発行所　ハート出版
〒171-0014 東京都豊島区池袋3－9－23
TEL. 03－3590－6077　FAX. 03－3590－6078

印刷・製本／図書印刷
乱丁、落丁はお取り替えします。その他お気づきの点がございましたら、お知らせ下さい。